香港非遺與葉問詠春

阿樺出拳

李家文　彭芷敏　著

鄧子健　繪

前言

認識葉問宗師，和繪本主角阿樺一樣，一切緣於入戲院欣賞電影。為了解這位一代宗師，除了上網搜尋資料，機緣巧合，親自上拳館拜訪宗師徒孫，發掘問公留下來的武藝、人脈與文獻等瑰寶。

2013 年開始學詠春，由小念頭起步，尋橋、標指、木人樁、八斬刀以至六點半棍法，何時掌握箇中奧妙？招式要學，拳館文化、師徒關係、中華武術的傳播方式與影響力等，均是學術研究題材。作為大學教育工作者，除了教學，亦要兼顧研究。正如主角阿樺要做好習作，找個感興趣的題材，認真研究葉問詠春。

阿樺認識到葉問宗師的長子葉準師傅，以及次子葉正師傅的入室弟子李煜昌師傅。在現實世界，筆者不單得到準叔和煜昌師傅的幫助，更有宗師的徒弟徒孫無私指正。走上太子的詠春體育會，門外有顯眼告示，

李家文

指明親臨教詠春的師傅名單，有數十年前已跟葉問學拳的一傳弟子，亦有武打巨星李小龍授業師兄的兒子。學詠春要拜師嗎？師父會否很惡？是否每一堂都有機會見到師父？他們會親自教拳麼？

自葉問詠春被列入《首份香港非物質文化遺產清單》，這幾年幸得研究撥款，在紀錄片《守道》、網站「詠春的傳承與保育」和書籍《武藝傳承：香港葉問詠春口述歷史》，記錄了這非遺項目的招式示範、師傅的背景、教學方法和傳承挑戰。除了透過文字、珍貴相片、數十年來的報刊、葉問宗師家人及徒弟徒孫親臨講座外，這次嘗試以繪本將葉問詠春的精華傳播給對中華文化有興趣的大小朋友。

繪本文字精簡，善用圖畫講述背後豐富多姿的內容。參照電影中的劇照、拳館的宗師特寫等眾多素材，感謝樹仁師妹于浣君的悉心跟進，安排育有兩個女兒的

插畫師鄧子健，全程投入為小孩子說好追尋葉問詠春的故事。打詠春拳要埋肘、雙腳如何站好，更多招式動作，作畫時都要盡力配合學拳的真實要求。在此衷心感謝葉準師傅授徒、樹仁師兄彭耀鈞師傅，以及楊永勳師父的指正，無論在繪本內容、研究項目的內涵等，多年來以顧問身分無償提供寶貴意見。

感激本書的創作總監、樹仁師妹彭芷敏，日以繼夜堅持，配合三聯書店編輯團隊，才能將這書呈現在大家眼前。阿樺和阿晉，是繪本主角和其好朋友，感謝有你陪著他們發掘葉問詠春。

這本書送給我的兒子雋燁及家人。

人物介紹

阿樺
小學五年級生，性格急躁、自恃
有小聰明，但洞察力很強。

阿晉
性格戇直而具同理心，正好和同班同學
兼老友阿樺互補，也不時被對方「蝦」。

余老師
年輕、有朝氣的小學老師，
兼教常識、中文和體育科。

葉準師傅
葉問長子，和藹但不失威嚴，對傳授詠春
有教無類，是阿樺學習詠春的啟蒙者。
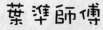

李煜昌師傅
葉問徒孫，葉問次子葉正授徒、詠春
體育會主席，主理體育會的日常運作。

「葉問多厲害！一拳打下去……」

阿樺看了幾套電影，沉醉於功夫世界中。

急不及待與好友阿晉分享，卻一時興奮過頭，

打了對方一拳。

常識科余老師介紹非物質文化遺產，一提及洪拳和太極等武術，發著呆的阿樺思緒才飄回來。

「葉問詠春呢？我在電影中看過」，阿樺問。

余老師說，詠春拳和電影談及的葉問詠春被列入首份香港非遺清單。

「葉問 1949 年來港定居後，
在深水埗開始教授詠春，
徒弟包括……」

一代宗師葉問，原名葉繼問（1893-1972），生於廣東省佛山市，即前廣東省南海縣佛山鎮。自七歲起，隨外號「找錢華」的陳華順學習詠春，再承梁公璧。1950年，問公在香港首次開班教授詠春，當時班中八人，包括梁相、駱耀，都是港九飯店總工總會的職工。一年後，加入飯店工會的徐尚田亦開始追隨問公。到1953年，拜入宗師門下的黃淳樑等人，開始在深水埗海壇街的拳館學習。

阿樺立刻插嘴：
「李小龍！他出拳
十分厲害！」

「你出拳都很厲害！剛才
一回校就打了我。」阿晉無奈地說。
余老師著阿樺拿出手冊，記錄他的
頑皮行為。

13

余老師給了功課，在香港非遺清單中選取一個項目作小組專題報告。

「詠春的確很厲害，但粵劇比較容易找資料，麥兜都有唱『落街冇錢買麵包……』」阿晉說：「不如猜包剪揼決定。」

圖書館

阿樺拉了心大心組的阿晉去圖書館，找到大批葉問電影的資料。

「余老師說長衫也是非遺，葉問加長衫，這次還拿不到第一？」

阿樺信心滿滿，成功說服阿晉以詠春作為小組報告的主題。

一般公眾對葉問宗師的了解，大抵由電影開始。早在上世紀七十年代，香港電影界的武打作品。包括由張徹執導的《洪拳與詠春》，就有提及主角如何學習詠春的寸勁。 而洪金寶執導的《贊先生與找錢華》，亦是以詠春為主題的經典作品。

阿樺找余老師理論，余老師指出簡報只是圍繞葉問電影，電影終究是創作，了解作為非遺的葉問詠春應從現實入手。

余老師向阿樺和阿晉介紹葉問詠春，三人來了一趟虛擬旅程。第一站飯店職工總會，葉問在這裡開始教詠春，葉問詠春從此植根香港。

以前沒有升降機，要爬幾層才到天台。

電影也有天台練功的場景，不是說電影內容是假的嗎？

日曬雨淋，又熱……

「一個打十個」只是虛構橋段，不過電影也能反映葉問詠春的一部分，例如李小龍真是葉問宗師的徒弟，宗師的兒子葉準和葉正，長大後也成了詠春師傅。

葉問上世紀五十年代在香港教授詠春，最初在深水埗大南街飯店職工總會開班，徒弟包括梁相、駱耀、徐尚田、葉步青、招允、李思榮、羅炳、文少雄等人。之後飯店工會改選，工會理事易人，問公移師到海壇街教授，在這裡學拳有黃淳樑、王橋、王作、伍燦等。經歷過汝洲街、油麻地利達街、深水埗李鄭屋邨、尖沙咀寶勒巷及大角咀福全街大生飯店等地授拳後，葉問在 1961 年遷往青山道興業大樓設館。到 1962 年，問公和原配張永成所生的兩位兒子葉準、葉正由佛山來港定居，一起學習詠春拳術。

葉問宗師將詠春這門功夫推展至不同階層，唐樓天台、私人住宅以至廟宇都是他傳授武藝的地方。

「談葉問詠春在港發展的重要地點，不得不提詠春體育會。」余老師說。

詠春體育會由葉問宗師於 1967 年指派徒弟創立，是香港最早註冊的國術團體，至今有數千名會員，葉準、葉正及其徒弟在此教拳。

阿樺由電影開始接觸葉問詠春，在余老師引領下在網絡世界加深了解。他認為是時候從現實探索，就由詠春體育會開始。

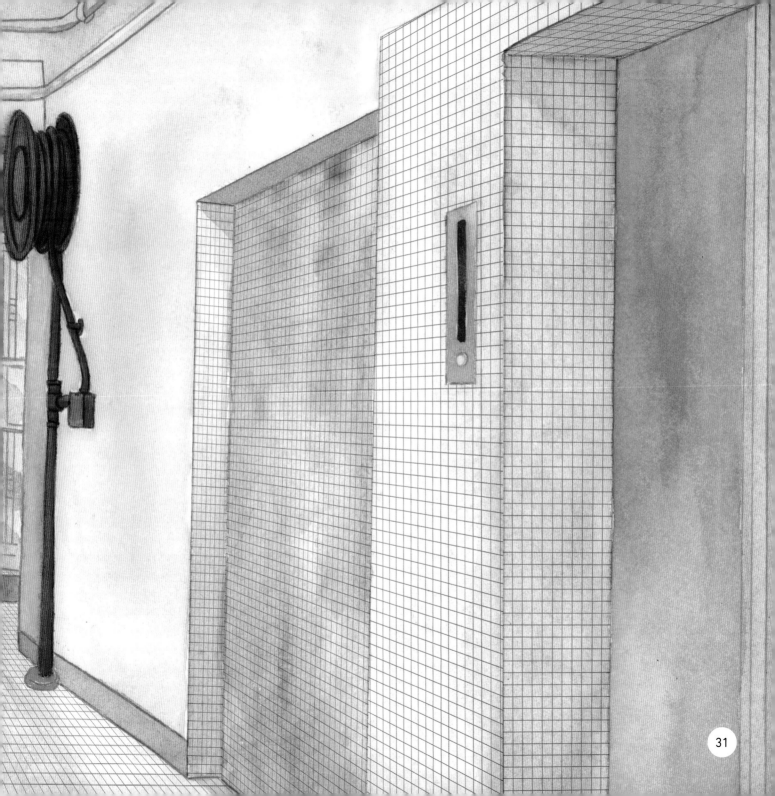

阿樺又一次向阿晉出拳，不過阿晉有了經驗，這次不只捱打。兩人切磋期間，突然有人由詠春體育會叫喊，「功夫不是用來打架的！」

那人問道：「你們來做甚麼？」

33

兩人走進詠春體育會就被眼前陳設吸引，阿樺認得牆上掛著的木人樁，他看電影時見過，心想：「我有機會試試嗎？」

眼前人原來是詠春體育會主
席李煜昌，即是葉問次子葉
正師傅的徒弟。阿樺立即
起了學詠春的念頭。
「學過其他功夫嗎？」
李師傅解釋，只是了
解各人背景因材施教。
「在 YouTube 看過影片
算不算學過呢？」
阿晉問。

華夏振雄風

阿晉問：「請問你又是哪位？」

葉準師傅：「我是葉問長子葉準。」

阿樺眼看葉問長子葉準師傅就在眼前，覺得機不可失，求對方教他詠春。葉師傅簡單一句，「下星期六中午十二時上來吧！」

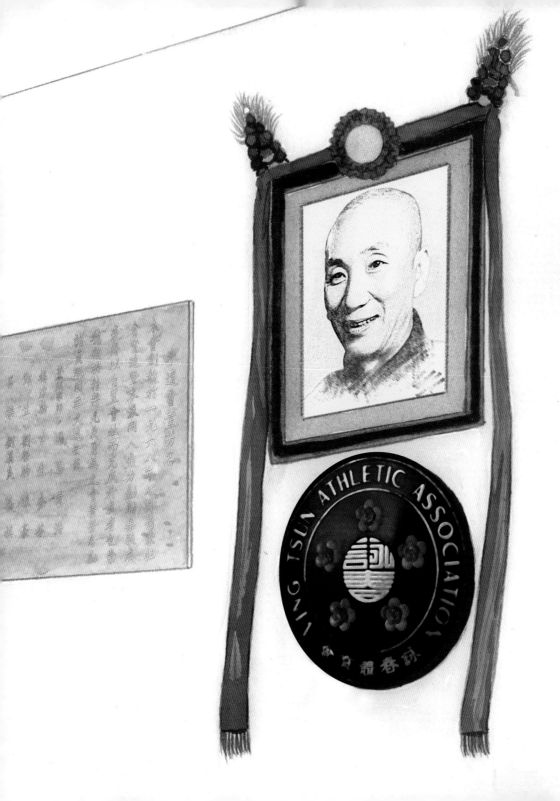

阿樺和阿晉開始學習詠春，由葉準師傅開拳。
葉師傅說，學拳不一定要行拜師禮，只管用心學。
「那何時才可以打木人樁？」阿晉問。

要不要敬茶拜師呢？

這時，大師兄著兩人先學好基本功小念頭，之後便有機會學尋橋、標指和木人樁法。兩人此後到詠春體育會習拳，常常得到大師兄指點。

不知不覺，阿樺和阿晉練習小念頭已經
三個月了，大師兄說，何時開始學棍和
刀法因人而異，
最重要是練好
基本功。

很羨慕呀！
何時才可以學
六點半棍法？

還有
八斬刀呢！

一向三分鐘熱度的阿樺，似乎真的迷上葉問詠春，「功夫要時間積累，總之每周都要抽時間來學習」。本想放棄的阿晉也被難得堅持和認真的阿樺打動了。

小知識

葉問（1893-1972）

葉問宗師先後跟隨陳華順和梁璧等研習詠春，1949年由佛山移居香港，經好友李民介紹在飯店職工總會開始教拳生涯，也開展了葉問詠春在港的流播。

葉準

葉問長子，
7歲隨父親葉問學習詠春，在父親離世後開始教授詠春。曾擔任《葉問》系列電影的顧問，更在一些電影中粉墨登場，飾演葉問和梁璧等角色。

葉正
（1936-2020）

葉問次子，12歲隨父親初習小念頭，宗師翌年離開佛山，兩人至1962年在港重聚，此後追隨父親研習和教授詠春，在父親仙遊後正式開班授徒。

小念頭

詠春基本功，練習在靜止狀態中，用雙手和
身體組織架構，做好攻防的基礎。練功夫要
專心致志，「小念頭」因而得名。

木人椿

將步法和距離等元素綜合起來練習，如果沒有對手，木人椿就是練習的最佳輔助器材。木人椿有座地，亦有掛牆。

六點半棍

相傳這套棍法與其他門派交換得來，所以與詠春拳法和刀法的馬步不同。當中只有六下半招式，但要練得有功力，往往要花上十年或以上的時間。

大坑舞火龍

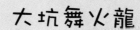

客家村大坑據傳於 1880 年爆發瘟疫，村民於是舞動插滿香枝的紮作火龍繞村遊行，結果瘟疫停止。此後，村民每年以舞火龍保平安，至今已過百年。

長衫

（香港中式長衫製作技藝）

男裝長衫在新界傳統宗族社會中被視為父老的身分象徵。長衫也是葉問宗師的標記之一，他是世家子弟出身，注重儀表的端莊整潔，喜歡穿深色長衫。

粵劇

為廣東省主要的戲曲劇種，除扎根於廣東，也於東南亞、美加及澳洲等海外華人社區盛行。文本、音樂、功架、排場及服飾等都是粵劇的重要元素。

創作者簡介

我是李家文，在樹仁大學教書，有時到拳館學詠春，和兒子一樣間中想懶散一下，他笑我：「你一定沒有心機學，中途會去喝咖啡……」，轉眼接觸葉問詠春近 10 年，成為新傳系系主任，要加倍用功，努力研究，出版了《武藝傳承：香港葉問詠春口述歷史》，這次就以圖畫為主。

彭芷敏是我的好朋友，她是《信報》國際新聞編輯主任，很晚才下班，放假就來我家督促我交稿。幸好這幾年有她加入研究團隊，統籌活動和出版項目等等。這繪本很多內容都由她構思，還有呀，主角和朋友的名字都是她設計的。

愛上繪本創作的鄧子健，曾在香港及海外辦畫展。他和我一樣喜歡看電影，迷上李小龍，對李小龍的師父葉問和詠春就特別留意。所以跟我一拍即合，一起創作繪本，講述阿樺的詠春故事。

《香港非遺與葉問詠春：阿樺出拳》由構思到順利出版，有賴以下機構、組織和前輩等友好的啟蒙或協助，謹此致謝。

香港樹仁大學
田家炳基金會
《新武俠》
PVT

（排名以姓氏筆劃序）

于浣君小姐	梁偉基先生	葉準師傅
余富強先生	梁錦棠師傅	葉正師傅
李煜昌師傅	許正旺先生	葉港超師傅
林曉倫先生	許超穎女士	黎美懿小姐
胡鴻烈博士	陳蒨教授	駱勁江師傅
胡懷中博士	彭耀鈞師傅	嚴志偉師傅
孫天倫教授	黃匡中師傅	Irene Kam
徐貫通師傅	楊永勳師父	Aiden Leung
梁天偉教授	溫淑珍女士	Martin Leung

策劃編輯	梁偉基
責任編輯	許正旺
書籍設計	道 轍

香港非遺與葉問詠春

阿樺出拳

著　　者	李家文　彭芷敏
繪　　者	鄧子健
出　　版	三聯書店（香港）有限公司
	香港北角英皇道 499 號北角工業大廈 20 樓
	Joint Publishing (H.K.) Co., Ltd.
	20/F., North Point Industrial Building,
	499 King's Road, North Point, Hong Kong
香港發行	香港聯合書刊物流有限公司
	香港新界荃灣德士古道 220-248 號 16 樓
印　　刷	美雅印刷製本有限公司
	香港九龍觀塘榮業街 6 號 4 樓 A 室
版　　次	2022 年 4 月香港第一版第一次印刷
規　　格	特 12 開（220 mm × 210 mm）56 面
國際書號	ISBN 978-962-04-4956-7